ANNIE GOETZINGER

BRUNO FRAPPAT

LE REGARD des JOURS

la Croix

DARGAUD

PRÉFACE

Vingt-quatre heures dans la vie d'une chronique de presse. Le mercredi, c'est échange de fax. Lui : "Vous avez bien reçu le texte ? Elle : "Vous avez bien reçu mon projet de dessin ?" Évidemment, que l'on se reçoit bien ! Des années que cela dure : 1999, 2000, 2001, 2002, 2003, 2004...

Écrire à l'aube, expédier le texte avant que le jour ne se lève complètement, et, bien avant midi, se régaler déjà de l'"esquisse" envoyée par Annie Goetzinger avec ses commentaires, que l'on conservera précieusement. Et l'après-midi, hop ! un dessin plus travaillé, définitif, en couleurs, prêt à l'emploi.

La chronique, c'est une sorte de liturgie, avec cette scansion du temps qu'imposent à la fois le rendez-vous hebdomadaire avec les lecteurs (dans le numéro du week-end de *La Croix*, sous le titre "L'humeur des jours") et avec les impératifs de la fabrication d'un journal : préparation et montage (le mercredi), bon à tirer (le jeudi), impression (le vendredi).

Les dessins d'Annie Goetzinger sont bien des chroniques dans la chronique. Il lui a fallu, au début, vaincre une sorte de timidité, une retenue par rapport à l'auteur des textes (vieille connaissance, pourtant) et sans doute aussi par rapport au public du journal. Se libérer de la notion d'"illustration", comme on le serina jadis à ses devanciers (Serguei, au *Monde* et André Juillard, à *La Croix*). Pour aboutir à cet emboîtement de chroniques auquel nous sommes tous les deux parvenus, à distance mais avec une grande connivence. La palette des mots, la couleur des lignes. Que chacun rêve et brode dans son langage : textes, images.

Annie Goetzinger, dans ce livre, a rassemblé plusieurs dizaines de ses dessins des années 1999-2004. Elle les a choisis en fonction de ses préférences. Moi, je les aurais tous choisis ! Car ils furent, et demeurent, tous des cadeaux hebdomadaires faits à l'auteur des chroniques et à ses lecteurs. Avec ce décalé rêveur, cette tendresse, cet imaginaire délicat qui en font le charme. Mais pas seulement le charme, au sens fade que l'on pourrait donner au mot : la force ! Le charme qui vous entraîne, comme un magicien, sur un chemin de pensées et de songes. Il y a, dans *le Regard des jours* d'Annie Goetzinger, une vision de l'humanité, de la société et de l'actualité, comme un sourire grave. Pas de méchanceté, pas de fureur (sacrée ou non), mais un amour exigeant. Qui signifie, au fond, que rien n'est perdu.

Et puis, si vous connaissiez Annie, vous sauriez la parfaite adéquation, l'harmonie, entre ce qu'elle dessine et ce qu'elle laisse percevoir de sa personnalité. L'art sans l'esbroufe. La discrétion sans la mièvrerie. La gaieté sans le bruit. L'humeur sans l'injustice. Et, simplement, ces vertus dont trop de médias négligent la pertinence : la gentillesse et le sourire. Quand le talent s'y ajoute, c'est un bonheur des jours. Merci, Annie !

BRUNO FRAPPAT

P.-S : Les textes publiés en marge des dessins de ce livre ont été fortement raccourcis. C'est un sacrifice auquel l'auteur s'est soumis de bonne grâce, par nécessité... et par amitié.

1999

J'ÉTAIS LÀ AVANT

COLONNES

Cela se passait au sud-ouest du Kosovo, à la frontière avec l'Albanie. Il y avait une longue colonne de Kosovars, à pied, marchant lentement au milieu d'une route, sans autre bagage que leurs regards égarés et sans autre secours que les bras donnés. De chaque côté, des policiers serbes, armés, goguenards ou distraits, parfois brutaux. Ils surveillaient le défilé de la détresse: "Dépêchez-vous de rentrer chez vous! Allez, c'est l'Albanie, là-bas, votre pays!" Comment dit-on "schnell!" ou "sofort!" en serbo-croate? Ce siècle ne se lassera-t-il donc jamais d'avoir nié l'humanité, comme aucun autre ne l'avait fait avant lui, avec autant de morgue? Lui faudra-t-il, jusqu'à son terme, jusqu'à la dernière minute avant le troisième millénaire, confirmer la persistance et la vitalité du virus totalitaire? Harassante question, inaltérable soif d'une réponse qui tarde à venir. Nous aurons tout connu, prouvé et éprouvé, subi ou vu subir. Nous aurons eu parfaite connaissance des causes et des effets. Nous aurons étudié et médité les tenants et les aboutissants du "phénomène totalitaire", de la haine raciale, ethnique, des crimes "purificateurs" commis au nom de l'identité (de classe, ou de race) pour accéder aux rives du XXIe siècle sans en avoir tenu aucun compte? Tiré aucune leçon? L'horreur n'aurait donc même pas de vertu pédagogique, pour la suite des temps qui l'auraient vue œuvrer? L'un des plus grands crimes du totalitarisme, c'est la récidive, l'oubli des leçons et la négligence des morts. L'autre, c'est la tentative, constamment renouvelée, de saper la foi en l'homme et de le peindre en noir.

TERRITOIRE

La tragédie commence par le partage de la terre et la revendication de l'exclusivité. Aggravée et argumentée par la prétention à l'antériorité. "J'étais là avant toi." Dans l'auto familiale, avant les grands trajets, la formule énerve, ou fait sourire, mais les conflits finissent par se résoudre quand la route défile et endort les pousses combattantes. Mais à l'échelle de l'histoire des peuples, pas de compromis, pas d'adulte arbitral, pas de place pour tous. Chaque peuple croit, d'une bonne foi soigneusement entretenue par qui y trouve intérêt, avoir été mis là, à tel endroit précis, le premier et le seul, jusqu'à la fin des temps. Le "j'étais là avant toi" entre en hostilité avec le "pousse-toi de là que je m'y mette". Et cette incompatibilité résume et explique toutes les guerres, des plus antiques aux plus modernes, des plus villageoises aux plus impériales, et toutes meurtrières. Aux uns la légitimité supposée de l'antériorité, aux autres la légitimité fondée sur la seule force, à certains, les deux. Invasions, expansionnisme, colonisation, élargissement de l'"espace vital", retour sur les territoires ancestraux, allées et venues, flux et reflux, civilisations montantes ou descendantes: le partage du monde par les peuples n'a jamais été achevé. Et ce n'est pas dans chaque canton de la terre que peut s'apprendre l'universalité. La frontière est au cœur de l'homme et l'expulsion le moteur des puissances établies. La citadelle se rêve sans impuretés derrière les remparts où elle abrite et nourrit la peur de l'autre.

J'ÉTAIS LÀ AVANT - 3, 4 & 5 AVRIL

PRÉCÉDENTS

La tragédie du Kosovo réactive dans l'opinion mondiale une palette de noirs souvenirs du siècle qui s'achève. Hantise américaine : la guerre du Viêtnam. Pas un boy ne doit mourir en Europe. Pas d'enlisement dans une vraie guerre, la guerre terrestre. Bombarder, oui. Risquer des vies américaines, non. Hantise de la gauche antiaméricaine : l'Otan, machine de guerre "impérialiste", "Yankees go home !". On a vu resurgir des calicots, des slogans et des réflexes nés dans les années cinquante et qu'on avait cru historiquement poubellisés en 1989. Hantises de l'avant-guerre : "mourir pour Pristina ?". La question ravivait le trop fameux "mourir pour Dantzig ?" de ceux qui ne voulaient pas que l'on se mêle des affaires du "chancelier Hitler". Hantise de la guerre du Golfe, très vive dans la classe intellectuelle : et si l'on allait, à pieds joints, renouveler les erreurs rhétoriques qui accompagnèrent l'équipée de 1991 ?
Les médias s'y étaient brûlé les ailes. Ils entendaient qu'on ne les y reprenne point et, cette fois, se firent frondeurs. Empressés à montrer les limites du genre guerrier. Pour prendre date, comme les experts sceptiques qui se succédaient derrière micros et caméras ou dans les tribunes libres des journaux. Toutes ces hantises, au fond, paraissaient en cacher une autre, autant partagée que redoutée et refoulée. Et si, avec Milosevic, l'Europe se découvrait abritant un composé inavouable de Staline modernisé et de Hitler masqué ?

LE MOINDRE ATOME - 26 & 27 JUIN

Les maisons brûlées du Kosovo réalimentent le feu de la haine qui couve sous l'histoire humaine. Il y a peut-être, au Kosovo, une Etty Hillesum en train d'écrire les dernières pages de son journal intime. Etty Hillesum était une jeune juive des Pays-Bas dont on a retrouvé le journal des années 1941-1943. Un jour, elle dut cesser d'écrire car elle fut déportée à Auschwitz, où elle mourut. "Soyons bien convaincus, avait-elle écrit, que le moindre atome de haine que nous ajoutons à ce monde nous le rend plus inhospitalier qu'il n'est déjà."

LA TENTATION SUISSE - 30, 31 OCTOBRE & 1ER NOVEMBRE

AU TEMPS DU MUR - 13 & 14 NOVEMBRE

CE QUI NOUS A PRÉCÉDÉ - 2 & 3 OCTOBRE

VILLE NATALE - SARAJEVO - 16 & 17 OCTOBRE

LA BONNE SAISON - 20 & 21 MARS

Une manif de jeunes fleurs ! Ce matin-là, elles s'étaient donné le mot pour un rassemblement multicolore, horticolement "pluriel". Seules se cachaient encore sous leur feuillage vert tendre les tulipes, sauf une, rouge vif, sans doute déléguée par ses collègues pour observer en leur nom la tournure que prendraient les événements. Un émissaire qui n'avait pas froid aux pétales. L'avant-garde du prolétariat des fleurs n'était pas encore parvenue à entraîner le peuple entier, dans sa variété multiculturelle.

LE CŒUR BATTANT - 17 & 18 AVRIL

TROUS DE MÉMOIRE - 19 & 20 JUIN

DERRIÈRE SOI - 25 & 26 DÉCEMBRE

On brode sur les “objets du siècle”. Si on laissait à chacun le soin de dire l'objet de son siècle ? Il y a le violon sans cordes qui fut celui d'un père. Tel évoquera une gravure où l'on voit des paysans au seuil de leur masure attendre le soir qui vient. Un autre exhumera un antique diplôme, une médaille du travail, un crucifix incrusté de nacre rapporté “des colonies” par un aïeul, un piano droit et faux, la bergère où si souvent il avait vu sommeiller une mère, les premières dents tombées et conservées dans la ouate, un coupe-papier ébréché, une liasse de lettres...

LE DÉBUT DE L'AVENIR

ÉPOQUE

Échecs et réussites, tragédies et bonheurs : le siècle qui s'éloigne derrière nous sur la route du temps aura été semé de tous les possibles. De l'horreur la plus noire aux plus grandes joies, des pires exemples aux meilleurs modèles, de l'inhumanité à l'humanité. L'homme y aura nié l'homme, mais l'homme se sera donné des moyens d'améliorer l'homme. Nous savons la force folle des illusions, l'entraînement des erreurs, le parcours des haines. Nous savons la Shoah et nous savons le Goulag. Nous savons tout des totalitarismes. Nous savons l'empêchement de vivre et l'espérance de vie. Le mépris et le respect. L'indignité et la dignité. La sottise et la beauté. La bête au front de taureau et la légèreté du papillon. La noirceur des nuits et l'envol des aubes. Nous savons tout et son contraire.
Le vingtième siècle aura tout contenu. Il a fait le plein du pensable et de l'impensable. Songeons à ce vingtième siècle que nous mettrons, arithmétiquement, une année à quitter. Nous sentons bien qu'il a tout dit de ce qu'il avait à dire. De ce qui lui reste théoriquement à démontrer nous n'attendons pas grand-chose de fameux. Un an pour se rétablir et inverser sa réputation ? C'est bien court. Alors, nous nous disons : pas brillant, le siècle ! Tristement maculées, les pages que nous venons d'écrire : boue et sang. Mais c'est déjà oublier ce qu'il était à son début et négliger en quoi, à son terme, il peut encore, de sa grosse voix qui va s'éteindre, protester de ses avancées.

PLANÈTE

Jamais l'humanité n'avait eu, avant la fin de ce siècle-là, autant conscience de son unicité. La planète des hommes se sait une, et petite. Nous avons fait ensemble le tour du propriétaire. Nous avons l'œil sur tout, coins et recoins. Rien ne devrait nous échapper, désormais, de ce qui s'y passe, de ce qui s'y trame. L'homme voit vivre l'homme, il le voit souffrir, il le voit progresser ou reculer, louer ou maudire. Il ne sait pas encore comment mettre en pratique la solidarité de fait, la complicité objective liées à cette unicité, mais on sent bien que c'est l'un des chantiers principaux du futur proche : vivre ensemble sur cette seule terre. Rapprochement par la réduction du temps mis pour aller d'un bout du monde à l'autre ; rapprochement par le regard et l'immédiateté médiatique ; rapprochement aussi par les aspirations et les appels. L'appel de la dignité, celui de l'égalité, celui de la liberté : ne sent-on pas monter, dans une langue universelle, cette force intérieure chez tous les peuples ? Le legs de ces besoins, le patrimoine de ces volontés croit-on qu'il pourrait s'éteindre à l'avenir ? Au contraire : on devine qu'il va croître. En Russie, en Chine, en Afrique, partout les peuples ayant éprouvé la force des contraintes et subi les effets de la servitude, en ce siècle de fer, ont commencé de montrer qu'ils n'étaient pas dupes. Voudrait-on qu'aux temps futurs cette prise de conscience n'aille pas en s'amplifiant ? Unicité de la planète, cette pauvre planète exténuée mais qui manifeste à chaque meurtrissure nouvelle des capacités de résistance. La préserver, la protéger, la respecter, parfois la réparer : cette maison commune, la seule dont nous disposions, elle a ses serviteurs, elle a ses partisans, de plus en plus. Fini de la traiter comme bétail qu'on mène à l'abattoir ! Elle réclame son dû et l'humanité, au moment même où elle la souille et l'exploite, sait bien qu'elle agit mal, et contre son propre intérêt. Si le vingtième siècle n'avait inventé que cela on serait prêt à ne pas lui mettre un zéro pointé.

LE DÉBUT DE L'AVENIR - 1ER & 2 JANVIER

SYMBOLIQUE

Et l'homme dans tout ça ? Beau chantier, indécises perspectives. La menace est partout, mais la conscience aussi qui, selon son degré de force, sera parade ou plainte vaine. Le combat ne fait que commencer entre la segmentation des corps et l'unité de l'homme. La techno-science bricole l'espèce, au prétexte de l'aider. Elle n'a cure de l'identité. Clones, organes transplantés, gènes importés, prothèses, fournitures en tous genres, locations, prêts, marchandisation du corps : il faudra, demain, faire très attention à soi ! Pétrie d'orgueil et, de toutes les institutions humaines, la seule à n'avoir jamais fait sa repentance, la techno-science fait tout ce qu'elle peut. Tout ce qu'elle veut. Elle a toujours une longueur d'avance sur l'effroi qu'elle suscite.

GLOIRE À NOS ARBRES - 8 & 9 JANVIER

GLOIRE À NOS ARBRES

LUMIÈRES

Le vent les a chassés de l'avenir. C'est par dizaines de millions que les arbres des forêts françaises auront été fauchés, lâchement, en général la nuit, en deux fois. Un mauvais sort n'ayant pas assouvi l'appétit du désastre. Les jeunes pousses survivantes imaginent-elles la longue patience qu'il fallut à leurs pères et frères morts pour parvenir jusqu'au bord du vingt et unième siècle ? Parmi les millions d'épaves de la tempête, il en est d'innombrables qui étaient sortis de terre au temps des Lumières. Ils avaient entendu, de loin, le bruit et la fureur des hommes de la Révolution. Ils avaient entendu le pas sourd et lourd des soldats de l'An II, puis la Grande Armée partant à la conquête des lointains. Les Prussiens inquiétants les avaient frôlés. Ils avaient vu passer au-dessus de leurs têtes feuillues les fumées des incendies de la Commune. Quatre ans durant, la Grande Guerre hacherait les bois de l'Est, massacrant autant d'hommes que d'arbres. Les anciens de la "der des der" verraient saigner l'Europe à la suivante. Ils passeraient glorieusement les Trente Glorieuses, survivraient aux pluies acides et au nuage de Tchernobyl. Réchappés des conflits, des climats et des hommes, ils viendraient buter sottement au terme de notre siècle. Pas morts d'une belle mort : accidentés. Solitaires ou groupés, fiers arbres de nos forêts profondes, longs serviteurs de nos paysages, nous ne sommes pas trop d'humains pour pleurer autant de troncs défunts. La grâce que nous souhaitons à vos jeunes successeurs c'est de pouvoir dire, dans cent ans, dans deux siècles : "J'ai connu la tragédie de 1999. J'ai connu des grands vieux arbres du temps de la royauté. J'ai connu la forêt française et ce legs massacré. Depuis, je m'enracine pour durer. Je pousse pour oublier."

AU HASARD DE LA POSTÉRITÉ - 29 & 30 JANVIER

TRACES DE VENT - 15 & 16 AVRIL

LIBERTÉ D'EXPRESSION - 8 & 9 JUILLET

LES BELLES HISTOIRES - 30 SEPTEMBRE & 1er OCTOBRE

LE PARAPLUIE ET LE VIOLONCELLE - 19 & 20 FÉVRIER

Les traces de Pablo Casals, à Prades, il faut les chercher bien. Le "musée" est soigneusement dissimulé dans l'arrière-boutique de l'office du tourisme. "Le musée Casals ? Bien sûr ! C'est la porte à gauche, au fond, derrière le panneau de bois." Une pièce, une seule, une sorte de salon de demeure bourgeoise. Trois ou quatre fauteuils à disposition. Des vitrines, des photos, des partitions, des vieux parapluies noirs, dans un porte-parapluie (pour un peu, on pourrait repartir avec un pépin de Casals, mais non, jamais visiteur du modeste local n'eut l'idée de ce larcin minable).

L'ARPENTEUR DU MONDE - 25 & 26 MARS

Cette silhouette voûtée d'un Jean-Paul II
qui persiste, au-delà de la sage médecine,
à arpenter l'univers, n'a rien de la "force qui
va" dont parlait Hugo. Il est de plus en plus
la faiblesse qui va. La tête penchée,
les lèvres serrées d'où les phrases émergent
avec difficulté, les mains qui tremblent, le
doigt gourd en haut des feuillets qu'il tourne,
l'œil enfoui sous les paupières lourdes,
la démarche sans cesse au bord de vaciller,
tout cela est-il bien raisonnable ?
Non, mais il s'agit bien de raison !

LA ROUTE EST LONGUE - 14 & 15 OCTOBRE

Tenir la distance et son cap. Demeurer ce qu'on a été. Ce n'est pas donné à tous les hommes. Au Proche-Orient, la résurgence de la tragédie n'est-elle pas directement liée à l'affaissement de quelques personnalités, voire à leur médiocrité ? Arafat vieillissant, Barak peu convaincant, Clinton inexistant : l'histoire est là qui pousse les premiers rôles de naguère vers la sortie. Et derrière, on ne voit personne ou que des silhouettes inquiétantes. Vite, des hommes sûrs, pour se remettre en route !

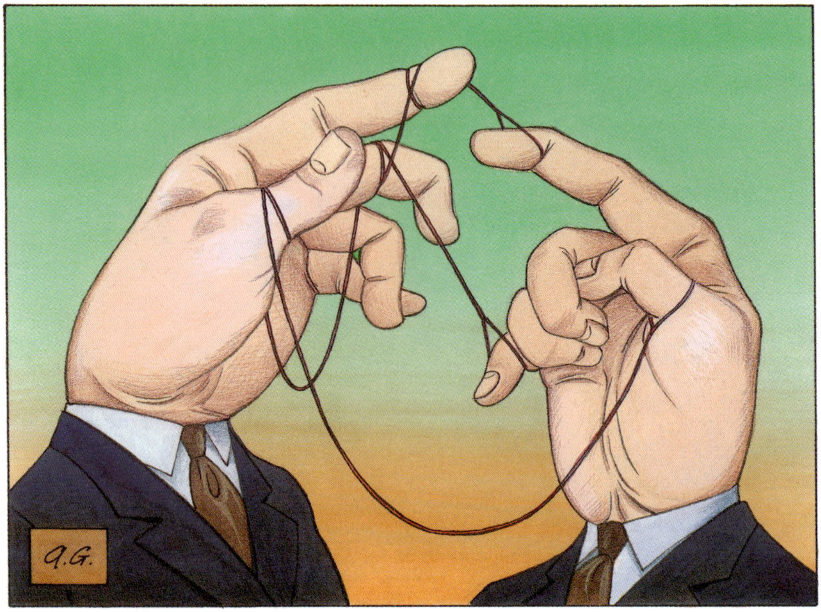

DÉRISOIRE DÉRISION - 6, 7 & 8 MAI

DEPUIS LE TEMPS... - 20 & 21 MAI

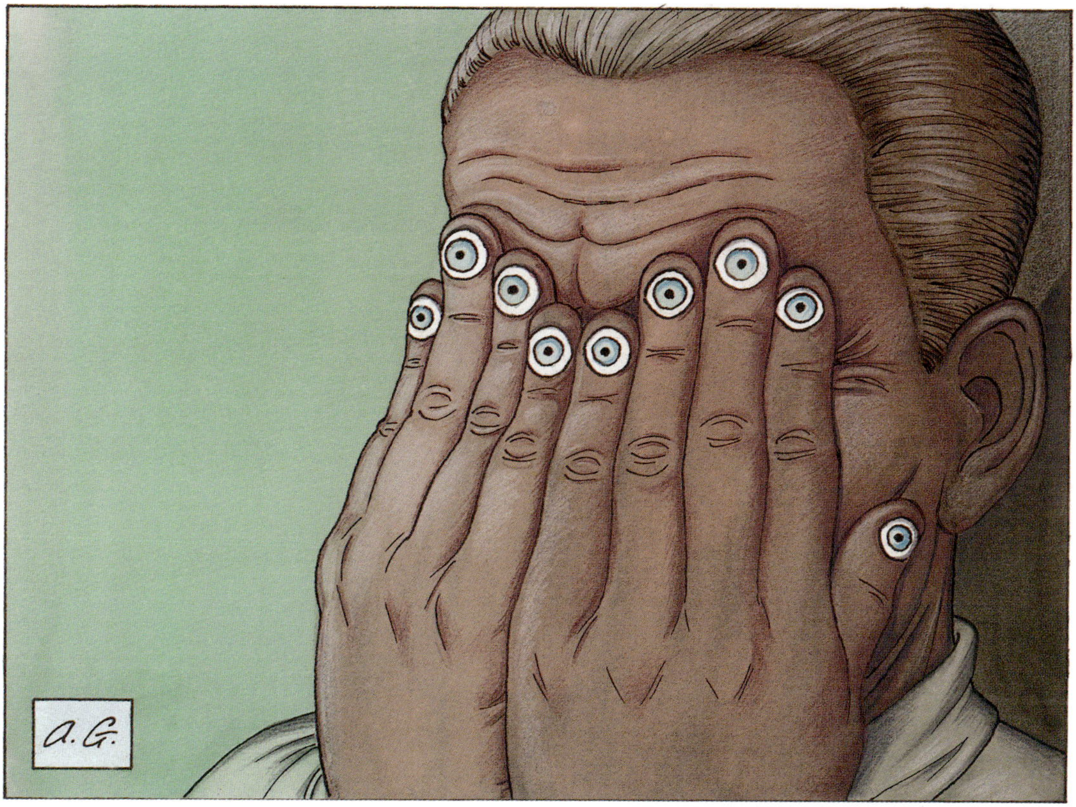

ABSOLUMENT INSOUTENABLE - 27 & 28 MAI

On vous met sous le nez un document ignoble, photographie, film, cochonnerie, sang, cadavres déchiquetés, etc. La tête se détourne. Pas longtemps. La main se place devant les yeux pudiques. Et puis, lentement, les doigts s'écartent et les yeux s'attachent à ce qu'ils ne sauraient voir. À la télévision, le présentateur prévient : "Attention, nous allons vous montrer des images qui peuvent choquer, mais nous avons estimé que vous aviez le droit d'être complètement informés." Entre le montreur racoleur et le voyeur inavoué il y a une complicité objective.

LA CROISSANCE À LA CAMPAGNE - 17 & 18 JUIN

COMME AU CINÉMA -21 & 22 OCTOBRE

DÉPÊCHONS-NOUS D'EN RIRE - 25 & 26 NOVEMBRE

La plus grande puissance de l'histoire universelle en est réduite, depuis trois semaines, à des comptages et recomptages de bulletins à trous, à des instances et contre-instances, à des batailles rangées d'avocats arbitrées par des juges politisés : voilà qui prête à sarcasme. Et voici le monde suspendu, pour savoir qui sera son "maître", aux embrouilles du comté de West Palm Beach, au méli-mélo de celui de Miami Dade, aux décomptes et redécomptes de ceux de Broward et de Volusia... Hâtons-nous de rire car la partie aura une fin sérieuse.

LE GAULLISTE PERCHÉ - 18 & 19 NOVEMBRE

LE TEMPS DES CARICATURES - 28 & 29 OCTOBRE

DE L'AIR PAR PITIÉ - 2 & 3 DÉCEMBRE

LE GRAND PARTAGE - 16 & 17 DÉCEMBRE

2001

COMME UN JOUR

VOLETS

Un jour s'achève. Ayant mis un châle sur ses épaules, la vieille femme a ouvert la fenêtre, en dépit du froid. Penchée au dehors elle paraît hésiter un instant avant de saisir d'une main malhabile le bout d'un volet. Dans cet instant, elle se donne le temps d'un dernier regard circulaire sur cette journée qui va disparaître. Quand vous voyez, en passant, une femme qui ferme sa maison, vous ressentez la marche lente du temps, la régularité de sa coulée, le prévisible de sa répétition, la vanité du décompte. Derrière les volets clos on imagine l'horloge inlassable, le gros réveil sans faiblesse, les petits pas, les petits bruits. Quel souvenir laisse une journée ? Quelles dates, dans toutes celles qui auront piqueté notre parcours, mériteront de "passer à la postérité" ? Au moment de les vivre, on l'ignore. Chaque jour a le poids de sa veille et celui qu'aura son lendemain. Ils sont théoriquement égaux : en durée, en substance, en potentialités. Ils ont la discipline récurrente du métronome. Le dernier regard avant de rompre, les quelques secondes volées au temps pour regarder dehors sont l'interrogation muette et répétitive : et si, une dernière fois, ce jour avait quelque chose à nous dire et à nous faire vivre ?

ANNÉE

Les dernières heures d'une année donnent lieu à liesse convenue mais sincère. L'aspiration à "l'an neuf" laisse sur le côté le souvenir de l'an vieux. Vieux de ses espoirs déçus, vieux de ses joies bien habitées. Comme le bon pain craquant de l'aube il lui faut achever sa vie, rassis. Sur sa fin, on le délaisse. L'an 2000 fut le plus fantasmé des ans, depuis plusieurs générations. Il était annonciateur d'époque, de merveilleuses trouvailles, de style et de niveau de vie inédits. N'ayons pas la cruauté de nous souvenir de ce que l'on présageait à son sujet il y a un, dix, vingt ou cinquante ans. Maintenant que cette année s'apprête à passer à la trappe et à voir sur elle se refermer les volets de notre insouciance, quel regard lucide lui lancer ? Elle ne fut ni meilleure ni pire qu'une autre, avec sa part d'horreurs et ses pans de lumière. Elle eut ses petitesses et ses grandeurs, malgré son chiffre éclatant qui pouvait signifier aboutissement ou tremplin. En fait, nous aurons glissé sur elle, ni plus ni moins que sur la précédente ; d'année en année, c'est la même humanité qui passe sur le chemin qu'on appellera, une fois la meute passée, des souvenirs.

SIÈCLE

Au moins sommes-nous désormais tous d'accord : nous versons dans le vingt et unième siècle. Tout de même, en le laissant sur le bord du temps, ce vingtième siècle, c'est une sacrée part de nous-même que nous lâchons ! Parmi ceux d'entre nous qui laisseront une trace, la plupart seront étiquetés "du vingtième siècle". Nous aurons beau, enfants du "baby-boom", nous évertuer, par exemple, à plastronner durant les premières années du siècle à venir, rien ne fera changer d'avis la chronologie et la classification. Nous sommes et resterons collés à ce siècle-là. Siècle de fer et de feu, de sang et de larmes. Mais siècle aussi où, partout, toujours, la conscience aura tenté de dominer les peurs et les haines. Siècle de

COMME UN JOUR - 30 & 31 DÉCEMBRE 2000 - 1ER JANVIER 2001

résistance au pire, de libérations, de chaînes arrachées, de peuples restaurés, d'unions tentées, de progrès techniques. Siècle, bien sûr, où tout fut abîmé, l'homme comme la nature. Mais siècle où, chaque soir, avant de fermer les volets, des esprits libres auront scruté la nuit et lancé un cri de révolte ou un chant d'espoir.

MILLÉNAIRE

C'est au moment de quitter un millénaire que la conscience d'y avoir appartenu peut se manifester. Elle n'est pas très forte, d'ordinaire. Mille ans, c'est plus que le souvenir ne peut embrasser. Le début en est flou, indistinct, mal connu. Qu'étions-nous en l'an 1001? Pourtant, au moment d'un dernier salut, songeons à la passion généalogique qui habite tant de contemporains: tous les aïeux dont nous cherchons la trace étaient du deuxième millénaire de l'ère chrétienne. Comme nous. À l'échelle du temps géologique, la généalogie est une science de l'instant. Un jour, un an, un siècle, mille ans: qui ferme les volets, le soir, sait que le lendemain il pourra les rouvrir sur l'aube propre des projets. Notre revanche sur le temps, c'est le matin.

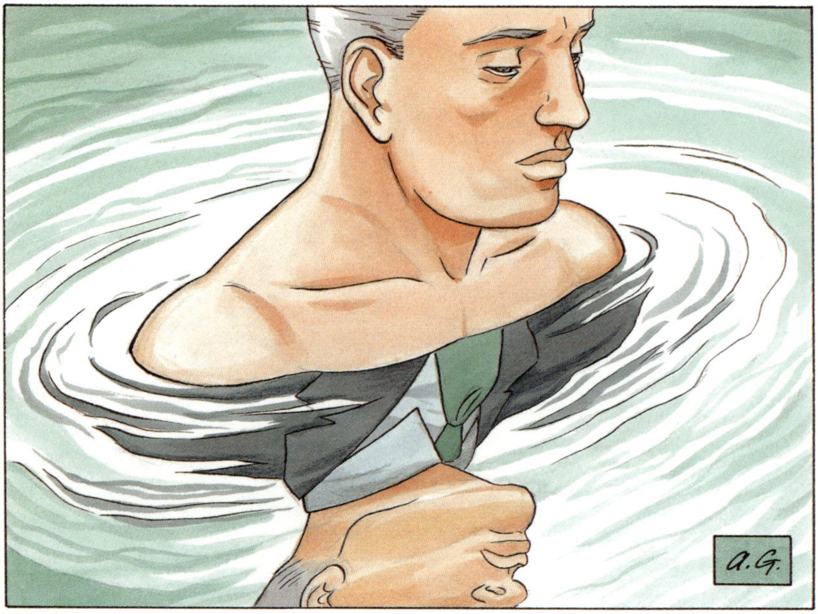

PLUS FORT QUE LES MOTS - 27 & 28 JANVIER

LES TÊTES FOLLES - 3 & 4 MARS

DÉCOR NATUREL - 17 & 18 MARS

AU FIL DE L'EAU - 24 & 25 MARS

LE GÉRANT DU MONDE - 7 & 8 AVRIL

Quand un immeuble se délabre, les copropriétaires et les locataires n'ont qu'un seul cri : "Que fait le gérant ?" Quand l'eau passe par les toits ou fuit dans les parties communes, quand des lézardes décorent les murs, quand l'ascenseur reste coincé entre deux étages, quand le tapis de la montée d'escalier prend des allures de vieille nippe, quand les balcons s'effritent, quand des ampoules sautent, quand les chasses d'eau sifflent toute la nuit, quand le digicode rend l'âme : que fait le gérant ? Le gérant du monde, c'est le président des États-Unis d'Amérique.

CE JOUR-LÀ - 15 & 16 SEPTEMBRE

Nul vivant de ce début de siècle n'oubliera jamais, où, quand et comment les événements de New York et de Washington l'ont saisi, l'ont intercepté dans le cours de son existence, fauché en plein train-train. Chacun saura dire, jusqu'au dernier de ses jours, qui lui a appris la première nouvelle, comment il a suivi les épisodes suivants, l'état d'esprit qui fut le sien, le trouble, l'émotion, la peine, le vertige des questions sans réponse et la grandiloquente incertitude : comment les choses pourraient-elles redevenir comme avant ?

LE SON DU COR - 28 & 29 AVRIL

FAIRE, DÉFAIRE, REFAIRE - 17 & 18 NOVEMBRE

LES GRANDES PAGES - 10 & 11 NOVEMBRE

Il avait vingt-deux ans quand la guerre commença et ne se doutait pas qu'elle le ferait vieillir au-delà de toute raison jusqu'à ses vingt-six ans. Regardons autour de nous les visages des jeunes de ces âges et imaginons-les, dans la brume et le froid, la boue et la nuit, la peur et la mitraille, la mort et la haine. Et cela, pendant plus de cinquante et un mois ! Pour une cause plus grande qu'eux et que nous, une cause "nationale", incompréhensible, la participation consentie à la première grande tentative de suicide de la civilisation européenne.

LA PEAU D'UN FLIC - 27 & 28 NOVEMBRE

CHANGER D'ANGLE - 8 & 9 DÉCEMBRE

TOUTES LES NUITS - 22 & 23 DÉCEMBRE

Cette obscurité qui nous englobe, une fois toutes les vingt-quatre heures, qu'en faisons-nous ? Une fuite ? Une drogue ? Un pensum ? Un mauvais moment à passer ? Du temps perdu ? Il fut, au début de la Création, fait deux cadeaux à l'homme, avant sa venue : le jour et la nuit ("il y eut un soir, il y eut un matin"). Nous acceptons volontiers de rendre compte de l'un, pas de l'autre. Ils sont pourtant les deux faces de nos seules vies, le levant et le couchant de notre géographie mentale, le double espace de nos accomplissements. La nuit aussi, c'est la vie !

LA VOIE EST LIBRE - 29 & 30 DÉCEMBRE

FANTÔME À VENDRE - 9 & 10 FÉVRIER

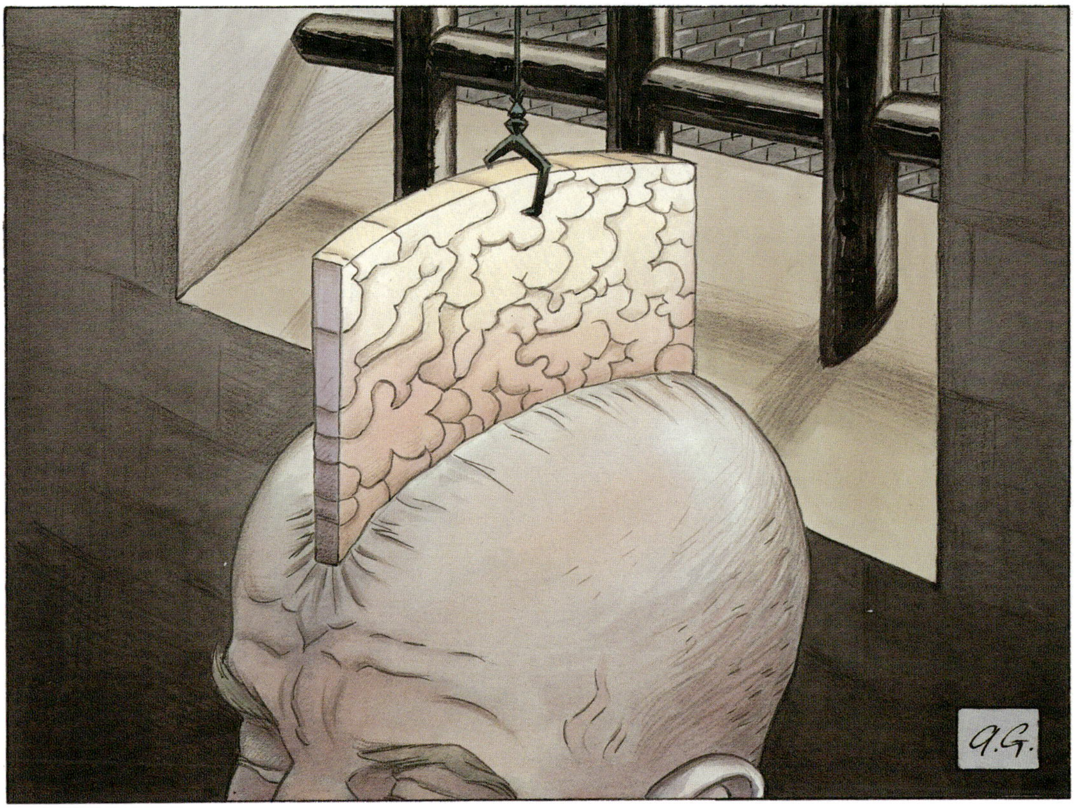

LA MACHINE HUMAINE - 23 & 24 FÉVRIER

LA MACHINE HUMAINE

Deux hommes incompréhensibles ont hanté l'actualité. Slobodan Milosevic à La Haye, devant la justice des nations, et Patrice Alègre, jugé à Toulouse. Rempart professionnel du tribun éprouvé, rempart mental du "paumé" au psychisme auto-bloquant : deux manières de refuser à soi-même et aux autres la contemplation de l'évidence. Deux méthodes mais sans doute une même cause, peut-être, liée à une commune mécanique humaine. Il s'agit sans doute moins de dissimulation, de calcul, de méthode froide, que d'une autodéfense contre le mal dont on fut l'agent. Si terrifiant soit le rôle joué par Milosevic dans la tragédie européenne de la fin du xxe siècle, on peut risquer l'hypothèse que cet homme est resté un homme et que, comme tout homme, il soit "organisé dans sa tête" pour le déni. Patrice Alègre, à son banc d'accusé, semblait écrasé par l'ampleur de ce que l'on disait de son passé de tueur. Moins "organisé" qu'un Milosevic, il n'avait pas construit une forteresse rhétorique et, loin de s'entourer de phrases innombrables, il se calfeutrait dans des silences de métal. Étrange mécanique que la machine humaine, capable de supporter les crimes au moment où elle les commet, puis de les abolir au temps du retour sur soi, quand celui-ci est contraint par la société et par nos regards. Entre la vérité et le mensonge, le déni constitue un tiers état du psychisme, zone de blocage de la conscience. Parfois l'on finit par craquer, et alors la vague de l'émotion emporte tout, parfois l'on finit ses jours sans avoir cédé un pouce de terrain devant l'absolu malheur dont on a été la cause.

LES MALGRÉ TOUT - 30, 31 MARS & 1ER AVRIL

LE FARDEAU UNIVERSEL - 6 & 7 AVRIL

ENTRAÎNEURS ENTRAÎNANTS - 9 & 10 MARS

TERRITOIRES OCCUPÉS - 13 & 14 AVRIL

LA FACE CACHÉE DE LA FRANCE - 4 & 5 MAI

Voyez ces hommes qui furent jeunes,
retourner le terreau, ajouter de l'engrais,
rapetasser les clôtures, sortir les plantes
en pots, secouer les poussières, gratter,
poncer. Ils semblent croire au renouveau.
Ils ont les gestes du printemps. Chacun
à sa place, modeste et silencieuse, fourbit
un coin de France, un tout petit bout
du pays. Leur ambition de pouvoir se limite
au pré carré d'une autosuffisance du regard.
Leur nation est leur chez-soi : ce que
l'on voit de la maison, ce qui entoure
la "propriété", ce qui délimite.

QUI SOMMES-NOUS DONC ? - 26 & 27 OCTOBRE

Aristote nous définit comme des "animaux culturels". On peut aussi avancer que l'homme est le seul vivant à poser la question de son "être-là" en termes de destin : il se projette, il revient sur son début et pense à sa fin, se disant "Qui suis-je ?". Seul, il pose devant soi le mot océan : "Pourquoi ?". Au fond, il posséderait en propre le sentiment du tragique. Et la capacité de s'interroger sur sa "nature", ce que ne font ni la fourmi ni l'éléphant, d'après ce qu'on dit...

DES NUAGES BLEUS - 15 & 16 JUIN

ÇA CHAUFFE - 29 & 30 JUIN

LE VIDE EST PLEIN - 1er & 2 JUIN

La première édition de "Loft story" fit débat. La seconde indiffère. La nouveauté s'éventant, comme une bouteille laissée trop longtemps ouverte, que reste-t-il du choc initial ? Le vide du sens. Le souvenir des milliards de mots qui s'échangèrent à son sujet, ou s'écrivirent à son propos. Le "loft" serait comme un "tableau vivant" sur la toile écran. Rien n'y a de signification particulière. Les corps y sont exposés. La banalité y est scalpélisée. Les mots échangés n'ont pas plus de poids que vent dans les feuillages. Tout y passe, y coule, dans une transparence diaphane.

DE QUOI SE PLAINDRE - 28 & 29 SEPTEMBRE

À la gare de "Paris-Bercy", on promettait trois trains : Rome, Florence, Venise. Que rêver de mieux ? Deux rames étaient à quai, la troisième manquait. Enquête faite, il apparut qu'il y avait des rames de wagons, mais pas de motrices ! Bercy ou ailleurs, il y a toujours une bonne raison de se plaindre. À Marseille, un tabagique établi réclame que le ministère de la Défense soit condamné à l'indemniser. Cet homme, âgé de soixante-treize ans, se vit remettre, le 18 avril 1952, lors de son incorporation, un paquet de cigarettes. Depuis, il a fumé le contenu de dix-sept mille cinq cent vingt paquets de cigarettes.

LA CAGE AUX CORBEAUX - 5 & 6 OCTOBRE

Van Gogh et Auvers-sur-Oise : les corbeaux de la mort à venir, qui s'annonce et vous ronge. Les corbeaux annonciateurs de Van Gogh hantent le ciel gris de l'actualité. Même à Auvers-sur-Oise, on ne peut s'empêcher d'y penser et d'en parler : cette guerre d'Irak, cette guerre qui vient, quand surviendra-t-elle ? Dans un mois, dans soixante-dix jours ? La question ne porte plus sur l'hypothèse d'une guerre mais sur sa date. L'attitude du pouvoir américain encourage ces appréhensions. On dirait que Washington s'ingénie à ouvrir la cage aux corbeaux.

À LA VIE, À LA MORT - 9, 10 & 11 NOVEMBRE

L'AXE D'UN MONDE - 16 & 17 NOVEMBRE

DE NATURA RERUM - 23 & 24 NOVEMBRE

"Mesdames et messieurs, à la suite du heurt d'un cervidé, une rame doit être retirée des voies." Le cervidé du TGV s'était-il jeté contre nous tous, hommes à grande vitesse, ainsi que l'aurait fait un kamikaze protestataire, au nom de la nature ? Et revoici le cormoran mazouté de chaque marée noire. Les ligues se mobilisent, les gros plans se répètent. Au moins ne peut-on pas accuser le volatile d'avoir heurté de plein fouet les navires qui nous démoralisent. Les cormorans, loin des cervidés, ne sont pour rien dans le malheur qui les accable.

2003

TOUT DOIT DISPARAÎTRE

ESPÈCE

Nos aïeux, quelle histoire ! Quelle lignée ! L'arbre généalogique de la famille humaine pousse ses racines dix millions d'années en arrière. Des cent milliards d'hommes qui nous ont précédés sur cette planète, il reste quelques traces disséminées sur la croûte terrestre. Des ossements noirâtres, des pas dans l'argile, des peintures, des sépultures, des restes de feu, des pierres. Le film magnifique de Jacques Malaterre – L'Odyssée de l'espèce – réalisé pour partie en images de synthèse et pour partie avec des acteurs grimés, nous a plongés dans le puits sans fond de l'impossible mémoire. Comment savoir ce qui passait dans la tête de ces tribus baladeuses qui, en suivant les évolutions du climat (phases de refroidissement et, déjà, de réchauffement), tentaient de s'adapter au cours nouveau des événements. La vieille idée d'une stabilité, d'une permanence des choses, chacun, à son échelle, a dû l'éprouver et croire qu'elle était vraie. L'imaginaire flotte en toute liberté : les preuves manquent dans le grenier de la maison commune, nulle archive n'est stockée. Pas d'écrits, pas d'images. Aucune construction. Il nous faut rêver nos ancêtres. Cela ne nous interdit pas d'éprouver, bien au contraire, une grande tendresse pour eux. Et ce fut la force de ce film, sorte de reportage inventé, de “télé-réalité” rétrospective, que de nous pousser à une rêverie songeuse pour une archéologie des affects.

SENTIMENTS

Il est des branches entières de ces “pré-humains” et de ces premiers humains qui ont disparu sans descendance. Parmi elles, la lignée des hommes de Neandertal. Le film montre comment, peu à peu, les derniers de ces hommes-là, réduits à une escouade cernée par le triomphal *Homo sapiens*, ont dû rendre les armes, quitter la terre. Invention pure ? Bien sûr, au moins dans les détails. Mais, quand même, si durant des centaines de milliers d'années, il y eut sur terre, y compris dans nos parages, des millions et des millions d'hommes de Neandertal, et si, il y a seulement vingt-cinq mille ans, cette branche est tombée, c'est bien qu'un jour, un triste jour, le dernier d'entre eux aura rendu le dernier souffle. Ils ne sont pas tous morts ensemble. Il y eut un dernier homme, qui se vit mourir comme dernier homme. Il ignorait sans doute qu'avant lui, d'autres lignées, après des millénaires de présence, avaient aussi cédé la place. Nous pouvons les imaginer tels qu'ils ont peut-être vécu. Ils n'auraient pu nous imaginer tels que nous vivons. Conquérants, circulants, gâcheurs de planète, pétris de contradictions entre nos capacités et nos pulsions. Nos chers et pauvres aïeux, ayant conquis de longue date la station debout pour voir les choses de plus haut dans la savane primordiale, seraient sans doute éberlués de constater ce à quoi, parfois, nous consacrons nos jours et nos rêves. Ils seraient étonnés que nous ne nous contentions pas de tout ce à quoi ils aspiraient, dans leur quête pathétique de la subsistance. Ils nous verraient, comme une horde sauvage, incapables de nous satisfaire des besoins satisfaits et d'en vouloir toujours plus, toujours mieux. Domination, consommation (les soldes ! moment majeur de civilisation...), âpreté au gain, jalousie, obsessions, armements, déchaînements, terrorisme... Et puis, peut-être, l'*Homo sapiens* des origines, le premier

TOUT DOIT DISPARAÎTRE - 11 & 12 JANVIER

à nous avoir mis sur le chemin de l'art, de la culture, des formes élaborées du langage, peut-être celui-là aurait-il su dénicher, dans le tohu-bohu de notre civilisation sans tendresse, des ressorts cachés, des pépites de bonté et de beauté, des modèles de désintéressement. Et encore, face à nos égarements, peut-être aurait-il eu, lui le sauvage, l'occasion de nous dire, de sa voix rugueuse, avec ses mots primitifs : "Mais, vous ne vous rendez pas compte de la chance que vous avez ! Ne savez-vous pas que, durant des millions et des millions d'années, vos prédécesseurs ont lutté et souffert pour améliorer la terre ? Ignorez-vous tout ce qu'il aura fallu de patience, de discipline, de méthode, pour progresser sur le chemin d'humanité où vous êtes arrivés ? Allons, les enfants, ne gâchez pas toute cette histoire, cette longue histoire." Encore quelques millions d'années et des paléontologues, des cinéastes se pencheront sur les vagues traces que nous aurons laissées. Il n'appartient qu'à nous qu'ils le fassent avec une admirative tendresse plutôt qu'avec un effroi rétrospectif.

ON NE PEUT PAS TOUT DIRE - 25 & 26 JANVIER

DU DÉBUT À LA FIN - 1ER & 2 FÉVRIER

CONFÉRENCE DES OISEAUX - 22 & 23 JANVIER

On dirait des oiseaux posés sur la margelle d'un puits. Il en est de trapus, de voûtés, il en est d'élancés et d'altiers. On en voit de blêmes et d'autres sombres. Ils se rassemblent, à distance respectueuse les uns des autres, parfois se regardant, parfois s'ignorant. Ils dodelinent, ils opinent du chef, ils tournent la tête à gauche, à droite. Souvent, ils ont l'air absent, attendant leur tour de prendre la parole ou la fin de la conférence des oiseaux. À l'ONU, les oiseaux qui dirigent le monde tournent autour du puits mystérieux de l'actualité. Ils ont volé de ville en ville avant de se poser ensemble au bord du vide.

L'AFFAIRE DIEU - 22 & 23 MARS

ON AIMERAIT POUVOIR - 5 & 6 AVRIL

LE PARTAGE DE MINUIT - 17 & 18 MAI

Sous la ramure animée par une brise frisquette, cent cinquante à deux cents personnes, genre mauvais virages du parc des Princes et deux jeunes filles portant une couronne de fleurs. Ils sortent des flambeaux. Ils les allument. Ils se mettent en rangs, dix de front, bien écartés. Tous en place pour la retraite aux flambeaux. Le défilé s'ébranle aux cris de "Europe! Jeunesse! Révolution!". Des chants martiaux sont entonnés et des bras tendus se lèvent. On entend, dans la nuit, ce slogan: "Blancs, et fiers de l'être!".

CELA ARRIVE PARFOIS - 30 & 31 AOÛT

L'autre semaine, dans une église de Paris, située à un carrefour où passent et s'entrecroisent chaque jour (et la nuit) des dizaines de milliers de véhicules et plusieurs lignes d'autobus, le curé de la paroisse s'est retrouvé tout seul devant un cercueil. Une dame de quatre-vingt-trois ans, morte de la canicule (en tout cas pendant la canicule), se trouvait, si l'on ose dire, seule à participer à ses propres obsèques. "Cela arrive parfois" nous expliquait le prêtre. On vit seul, on meurt seul, on part seul.

DES RACINES ET DES FLAMMES - 6 & 7 SEPTEMBRE

DES MAISONS ET DES HOMMES - 13 & 14 DÉCEMBRE

VIVEMENT SAMEDI - 13 & 14 SEPTEMBRE

À DOUBLE ET TRIPLE FOND - 27 & 28 SEPTEMBRE

IMPRESSION D'ISRAËL - 22 & 23 NOVEMBRE

IMPRESSION D'ISRAËL

L'empathie, c'est exactement la méthode Shoufani. Des hauteurs de Nazareth où il dirige avec autorité le collège Saint-Joseph, le P. Émile Shoufani – arabe, chrétien, israélien – a lancé une initiative de paix des cœurs, un processus de reconnaissance de l'autre. "Mon idée, dit-il, inspirée par la pensée de Levinas, c'est que nous devons commencer par la connaissance de l'autre à partir de son histoire. Son histoire à lui, pas la nôtre." Alors, il a conduit des centaines d'Arabes israéliens à Auschwitz, accompagné de quelques juifs, dont trois rabbins. Il a organisé, dans son collège, mais aussi dans d'autres villes d'Israël, rencontres, débats, conférences. Pourquoi ? "Pour faire que la question de la Shoah entre dans chaque maison. La Shoah n'est pas notre expérience mais elle nous concerne dans notre relation au monde juif. Et la Shoah est là chaque fois que nous manquons à l'humanité." Force sage des pacifiques ! Empathie, connaissance de l'autre, reconnaissance de son histoire. Que de murs à faire tomber dans les têtes ! Que de cloisons mentales à abattre ! Ici, là-bas. Où, mieux qu'à Jaffa (que les juifs appellent Jaffo), aspirer aux réconciliations et y croire, quand la nuit est tombée et que le séjour va s'achever ? Dans ce vieux port où débarquèrent les premiers "sionistes", la coexistence devient un scénario. La rue est arabe. La rue est juive. La rue est universelle. Face aux millions de lumières de Tel-Aviv, à Jaffa aux anciens lazarets, nous sommes en terre d'humanité. Au bord de cette *Mare Nostrum* qui nous interroge tous.

PANTHÉON

AUX GRANDS HOMMES

Au plus haut de l'État, on se gratte la tête. Que faire du Panthéon ? Va-t-on continuer à exhumer les restes de tel (ou telle) pour les "transférer", là-haut sur la montagne Sainte-Geneviève, lors d'une cérémonie solennelle, guindée, et souffrant toujours de la comparaison avec celle que Malraux immortalisa ("Entre ici, Jean Moulin…"). Et puis, ce Panthéon, mal entretenu, périlleux pour les visiteurs (des filets de sécurité protègent des vieilles pierres qui seraient tentées de finir leur destin par terre), pas soigneusement nettoyé, plein de poussière, de coins d'ombre sinistres, ce n'est pas une visite stimulante pour le civisme, ni un lieu exaltant pour les valeurs de la République. Plutôt funèbre, la nécropole nationale. Voilà les réflexions que l'on entend, parfois, dans les hautes sphères de l'État où l'on a décidé que, finalement, Berlioz ne méritait pas de s'y retrouver ("pourquoi lui, et pas Rameau, et pas Couperin, et pas Debussy ?"). Et puis, pour cette année, on avait songé à George Sand, en raison de la célébration du bicentenaire de sa naissance. Mais quelle étrange idée, n'est-ce pas, de faire entrer cette morte au Panthéon pour honorer sa naissance ? Et puis, la "Dame de Nohant" a toujours dit et fait savoir qu'elle se trouverait très bien chez elle, à Nohant, pour l'éternité. On ne va tout de même pas recommencer l'expérience du transfert forcé imposé à Alexandre Dumas qui, lui, tenait à Villers-Cotterêts ! Donc, il semblerait que les panthéonisations ne soient plus guère en cour côté "château". On vous explique, avec fougue, que cette politique des restes est de peu d'intérêt pour les vivants modernes. Que ce postmouroir est autant négligé par le peuple que par le tourisme. Que la fonction didactique en est peu claire. Qu'on y a entassé des généraux d'Empire dont on ne sait plus rien. Qu'il vaudrait mieux y accrocher des panneaux pédagogiques qu'y enfouir des ossements et que si, enfin, on pouvait éviter toutes ces polémiques sur le choix des défunts "entrants", cela nous faciliterait la vie à nous autres vivants qui n'y entreront jamais après notre propre mort.

Le débat, certes, n'est pas public. On se doute que les Français s'en fichent un peu, plus obsédés qu'ils sont par le court terme que par l'épaisseur du temps et la glorification des anciens. Serait-ce à dire que le Panthéon n'a plus guère d'utilité ? Qu'il constitue une vague trace nationale, en voie d'effacement, un vieux "tag" ? Que ses visiteurs s'y soumettent par devoir, comme on fait un pensum ? Serait-ce à croire que ce signe ostensible de la patrie (surmonté d'une croix, puisqu'il fut une église subtilisée à l'Église…) a cessé de nous émouvoir ? Eh bien non ! De même qu'à Saint-Denis l'on parcourt avec une sorte de timidité historique le gymkhana des tombeaux de rois, de même, au Panthéon, le rassemblement muet des grandes voix qui ne sont plus (même si la sélection en fut, en est, en sera discutable et injuste), il y a des gens que cela fait encore frémir. D'un frémissement qui a à voir avec le mystère de la gloire et de la fragilité, de l'action et de la mort, de l'œuvre et du souvenir, de l'avant et de l'après. À moins que la nouvelle politique officielle (qui ne le claironne pas encore) consiste à prévoir que, décidément, à partir des temps que nous vivons, plus personne ne mériterait la "panthéonisation". Si c'est l'idée, il faudrait en faire l'aveu. Et afficher devant la nation,

AUX GRANDS HOMMES - 24 & 25 JANVIER

au risque de la décourager, qu'il n'y aura plus de "grands hommes" au Panthéon pour la triste raison qu'il n'y aura plus de grands hommes tout court ! Il faut de tout pour faire une France. Mais elle avance vers l'avenir sans porteur de lanternes. Sans légitime éclaireur. Les ambitieux le sont pour eux, plus que pour le pays. Les visionnaires ont le bout de leurs chaussures en point de mire. Quand même, il demeure, dans les soubassements, souvent hors du débat public et du hourvari, des millions de gens très bien, ouverts et formidables, discrets et efficaces. Ils font tenir la France debout. Ils ne réclament pas "des places". Ils se tiennent à la leur. Les grands hommes, aujourd'hui, sont anonymes, peu médiatisés. Ils bossent, ils créent, ils vivent. C'est un Panthéon de vivants.

QUAND LA COUPE DÉBORDE - 7 & 8 FÉVRIER

LE SENS DE LA FORMULE - 14 & 15 FÉVRIER

LE LONG D'UN LONG CHEMIN - 28 & 29 FÉVRIER

DU CÔTÉ DES PLANÈTES - 20 & 21 MARS

DE LA TERRE AU CIEL - 29, 30 & 31 MAI

LE MOMENT DE SE TAIRE - 17 & 18 JUILLET

C'EST TROP BÊTE - 21 & 22 FÉVRIER

Marco Pantani : ce nom peint sur le bitume et mille fois répété, de lacet en lacet... Et, au bout de cette route, dans la solitude hivernale d'un hôtel de Rimini, dans l'enfermement d'une chambre coupée du monde, un bloc de papier sur lequel on griffonnera ses dernières pensées, sa dernière protestation contre la solitude. Contre l'amour qui s'est enfui, la famille qui a desserré le réseau des affections, les auteurs du "complot" de l'antidopage ("ils ne voulaient punir que moi"). Et ce cri pathétique échappant de tout temps à toute adolescence : "Personne n'a réussi à me comprendre."

LIBÉRONS-NOUS DU RESTE - 28 & 29 AOÛT

Soixante ans après, le vent siffle dans les résineux, comme un souffle puissant de vie. Pas une automobile sur le parking du mausolée. Pas un autre visiteur, ce jour-là. Rien que des noms silencieux, des noms "du coin", des noms d'ailleurs, des noms de très loin. Les martyrs de la Drôme, dont les noms resteront inscrits là-haut tant que dureront la mémoire et son entretien, seraient-ils comblés de savoir quels types de préoccupations hantent les vivants d'aujourd'hui ? Ne leur prêtons aucune pensée. N'annexons pas leurs consciences et ne supposons même pas leur ironie, ou leur amertume, ou leur fierté.
Qu'il suffise à notre suffisance contemporaine d'en rabattre un peu.

LES MOTS À CONTRESENS - 25 & 26 SEPTEMBRE

C'EST BON POUR LES NAÏFS - 16 & 17 OCTOBRE

TOUS SUR LE PONT - 30 & 31 OCTOBRE

Admettons – on le serine assez – que l'époque ait des travers insupportables, des dérives, et que les montagnes russes de l'actualité suscitent quotidiennement des haut-le-cœur. Mais la fonction des chrétiens – plus que leur fonction : leur foi – n'est-elle pas précisément de révéler que la croisière humaine, en dépit de ses périls, s'achèvera au port ? Et que le paquebot chahuté sur lequel nous voguons, en dépit des tempêtes, mériterait de s'appeler l'*Espérance* plutôt que le *Titanic* ?

UN REPAIRE SE PERD - 6 & 7 NOVEMBRE

Les enfants pourront porter soit le nom de leur père, soit le nom de leur mère, soit les deux accolés, dans un sens ou dans l'autre. Rendons hommage, selon la formule convenue, à la "sagesse du législateur". Il a prévu qu'un nom de famille ne pourra pas être composé de plus de deux éléments. Autrement dit, il sera interdit de s'appeler Dujeon-Duron-Dulon-Lajoie. Et, sous prétexte que l'on aurait épousé une demoiselle Bigorneau-Lapaille-Chemin-Faisant, de donner à ses enfants, pour nom de famille, la séquence Dujeon-Bigorneau-Duron-Lapaille-Dulon-Chemin-Lajoie-Faisant.

www.dargaud.com

PREMIÈRE ÉDITION

Dépôt légal : janvier 2005 • ISBN 2-205-05734-0
Printed in France by PPO Graphic, 93500 Pantin